Dedicado al niño
que todos llevamos
dentro...

CARTA A LOS PADRES

A ti, padre, madre o a quien le esté dando este cuento a un niño, o no tan niño, quiero darte las *GRACIAS* de todo corazón, por ayudar a llevar este mensaje. Durante los últimos años me he formado como **Psicoterapeuta en BioGestalt.**

A raíz de esa formación, así como de otras muchas realizadas a lo largo de los últimos 10 años, he podido aprender la importancia que tiene, tanto para los niños como para los adultos, gestionar correctamente todas las emociones que sentimos.

Además, como adultos me parece imprescindible poder realizar un correcto *acompañamiento emocional* a los niños y las niñas desde que nacen, mediante el cual se validen y respeten, tanto sus emociones como sus sentimientos, consiguiendo así una educación basada en

el amor, el respeto y los límites.

Esta saga de cuentos está enfocada a darles herramientas y a generar debates, entre niños y adultos,en los que ambos puedan hablar libremente de emociones, por lo que os recomiendo que realiceis *juntos* la lectura y las actividades propuestas al final.

Puedes descargarte todas las actividades de cada cuento en:

www.hannahpapanatas.com

No puedo terminar sin mencionar el libro que, en su versión de adultos, ha supuesto un antes y un después en mi vida. Incluso, este maravilloso proyecto, que no ha hecho más que empezar, surgió en parte gracias a él, por lo que estaré siempre agradecida. Si quieres que tu hijo llegue a convertirse en su mejor versión, este libro es el mapa que explica cómo llegar a ese *TESORO*, pero, te doy una pista....

¡antes tendrás que convertirte tú!

¡¡¡GRACIAS!!!

a todos y cada uno de los que habéis hecho posible que
mi sueño se haga realidad.

Especialmente quiero agradecer al estudio **AeroGriffy ART** las maravillosas ilustraciones realizadas y, en particular, a mi gran amigo **Ramón Vaillo de Mingo** (Monchoperejil) por dar vida a mis personajes, por dibujar con tanto amor lo que tenía en mi cabeza, y por su esfuerzo y su paciencia.

También a **Jorge Ayllón Lopéz**, por su experiencia y sabios consejos, siempre amable y accesible, que nos ha supuesto una valiosa colaboración.

Autora y editora: **Ana Contreras**
Ilustraciones: **Monchoperejil**
Diseño: **Jorge Ayllón López**

Primera edición: Junio, 2020.

ISBN: 978-84-121987-1-3

hannah papanatas

y un mundo infinito de posibilidades

- ana contreras -

La tristeza y la lluvia

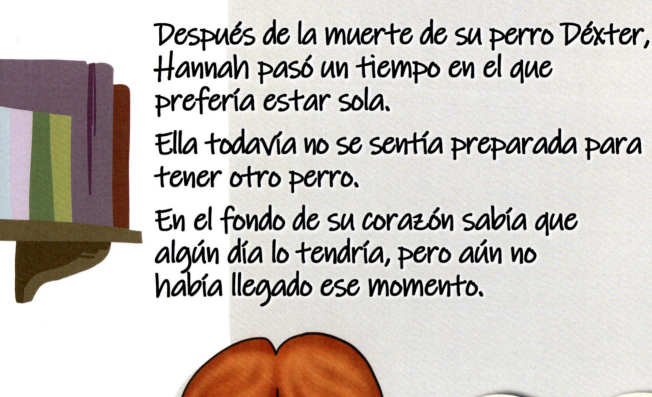

Después de la muerte de su perro Déxter, Hannah pasó un tiempo en el que prefería estar sola.

Ella todavía no se sentía preparada para tener otro perro.

En el fondo de su corazón sabía que algún día lo tendría, pero aún no había llegado ese momento.

Gracias al mensaje que le había dado su abuelo cuando Déxter murió, ahora sabía que los dos habían viajado al mundo de las estrellas, y que la acompañaban de otra manera, en sus sueños y en sus recuerdos.

Por eso, cada vez que se acordaba de su pequeño compañero, se alegraba por él. Pero, a la vez, se sentía triste.

A su familia no le gustaba verla triste.
Así que pensaron en comprarle un
nuevo perro, lo más parecido a
Déxter que encontraran.

Pero ella no quería eso.

De hecho, esa idea
le parecía horrible.

No entendía por qué les parecía
mal que estuviera triste, y por qué
no querían esperar un tiempo
para tener otro perrito.

Esa noche su abuelo vino desde las estrellas a visitarla en sueños.

- Hola, cariño.

- Hola, abuelo. ¡Menos mal que has venido!

- ¿Por qué? ¿Qué te pasa?

- Es que... No entiendo a mis padres. Se pasan el día diciéndome que quieren que tenga un nuevo perro. ¿Verdad que no pasa nada por que me acuerde de Déxter? ¿O es que es eso malo?

- No, eso no es malo, al contrario.

- Sé que Déxter está mejor en el mundo de las estrellas que cuando estaba aquí malito. Y eso me alegra. Pero a la vez estoy triste porque le echo de menos.

¿Se puede estar alegre y triste a la vez?

- Sí, cariño, claro que se puede.

- Ellos quieren que tenga otro
perro para sustituirle,
pero él es insustituible, ¿a que sí?

- Es cierto,
todos somos insustituibles y únicos.
¡Y él también!

- Pero mamá y papá dicen que no quieren
verme triste y que no quieren que
enferme.

No lo entiendo, abuelo,
¿por qué no quieren verme
triste?

¿Acaso estar triste es algo malo?

¿Y por qué iba a enfermar?

Aunque no siempre llueve con
la misma intensidad.

Y si no se abren las compuertas de las presas
a tiempo, que son las encargadas de retener
el agua, los ríos se desbordan creando
inundaciones que se llevan todo lo
que encuentran por delante.

- ¡Es verdad! Pero ¿qué tiene que ver esto con la tristeza, abuelo?

- Pues mucho, cariño, porque la tristeza es como la lluvia.

¡Todas las emociones son buenas y todas necesarias para la vida!

No hay que evitarlas, ni disimularlas, y mucho menos callarlas.

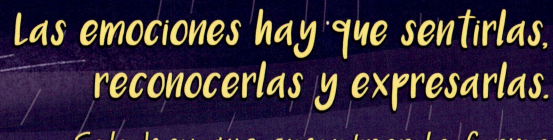

Las emociones hay que sentirlas,
reconocerlas y expresarlas.

Solo hay que encontrar la forma
correcta de contarle a los demás
cómo te sientes.

- Además, cada uno podemos sentir emociones distintas, incluso ante la misma situación.

Igual que en un precioso jardín pueden nacer flores diferentes en la misma tierra y con el mismo agua.

También podemos sentir
varias emociones a la vez,
como tú ahora.

Otras veces, podemos
sentir la misma emoción,
pero cada uno con
diferente intensidad.

-¿Verdad que no es lo mismo el viento que hace los días que vas a volar la cometa, que cuando hay un huracán?

- ¡No, abuelo, claro que no!
- Exacto porque...

¡Cada uno siente a su manera!

¿Lo entiendes ahora?

- Sí, ¡ahora sí!

- Por eso es tan importante expresarlo, porque

nadie siente igual que tú.

Y si en lugar de expresarlo, te callas, o cuando lo dices, lo haces haciendo daño a los demás, entonces es cuando puedes enfermar, ya que eso no es sano para ti, ni para ellos.

- Así que ahora dime ¿cómo te sientes?

- Pues... Me siento triste.
A veces tengo ganas de llorar.

Otras veces, aunque me siento sola, no tengo ganas de salir a jugar con mis amigos como hacía antes, prefiero quedarme sola en casa.

- ¡Estupendo!

- exclamó el abuelo.

Pues si tienes ganas de llorar, ¡hazlo!

¡Eso es muy bueno!

Y si no te apetece ir con tus amigos unos días, no vayas.

- Ahora cierra los ojos y siente con fuerza desde el corazón.

Hannah, muy obediente, le hizo caso, cerró los ojos y... de repente...

¡Chas! ¡Sorpresa!

Un pequeño ser apareció de la nada junto a ella.

También estaba triste, con los ojos llorosos y los hombros caídos. Y además tenía siempre una nube encima que no paraba de gotear.

- Ya puedes abrir los ojos, mi pequeña.
- ¡Ahí va! ¿pero... quién es?
- dijo ella muy sorprendida.
- Ella es tu tristeza - le explicaba el abuelo -
Aparece cuando uno siente y expresa
esa emoción.

Y puede quedarse jugando contigo
todo el tiempo que necesites.

- A la mayoría de las personas no les gusta
jugar con Tristeza, piensan que es aburrida.

Aunque realmente no es así,
solo es un poco tímida.
Y si pasas el tiempo suficiente con ella,
te enseñará juegos estupendos.

Juegos a los que siempre podrás jugar,
en cualquier momento y en cualquier lugar,
porque son juegos en los que sólo se
necesita una cosa:

¡querer estar
contigo misma!

Supongo que no le habías contado nada de esto a tus padres, ¿me equivoco?

- La verdad es que no, abuelo.

- Por eso están preocupados. Habla con ellos mañana y explícales cómo te sientes. Así ellos podrán entenderte y comprenderte mejor.

- sí, eso haré abuelo!

- le dijo mientras se despedía - ¡Gracias!

Por la mañana Hannah habló con su madre
y le explicó que, aunque se sentía triste, se
encontraba bien y que no debía preocuparse.

De esta forma su madre se tranquilizó,
aceptó y respetó su decisión.

Tan solo le pidió una cosa,
que la avisara cuando ella se sintiera
preparada para tener un nuevo perro.

Ahora las dos se **sentían mucho mejor** porque las dos habían aprendido que...

¡la tristeza es como la lluvia!

Ahora **Hannah** quiere saber algo sobre ti...

- ¿Cuándo fue la última vez que te sentiste triste? ¿Cúal fue el motivo?

- ¿Qué sueles hacer cuando estás triste?

- ¿Estás triste muy a menudo?

- ¿Qué cosas hacen que te sientas triste?

- Cuando estás triste ¿lloras o intentas no hacerlo?

¿Crees que llorar es bueno?

¿Para qué crees que sirve la tristeza?
¿Y las lágrimas?

Antes de leer este cuento
¿sabías que todas las emociones son positivas?

¿Crees que Hannah tiene derecho a estar triste
el tiempo que necesite?

A ella le ayudó caminar, escribir, cantar
y hablar sobre ello. ¿Qué te ayuda a ti?

Colorea al muñeco de la tristeza con los colores que quieras.

Dibuja y colorea la cara que tiene Hannah después de hablar con su madre.

A Hannah le gustaría ver cómo es tu muñeco de la **tristeza.**
Si quieres, puedes dibujarlo aquí.

¡Sé feliz, Papanatas!

ÍNDICE